到人人不同、篇篇不同；有不少詩人要「語不驚人死不休。」但不同中，我們還需要感到一股屬於中國文化獨有的氣脈運行其間，要本土的滋養、外來的滋養化成一片生機。這，我們叫做創造；要這樣，我們才稱得上推陳出新，不落俗套。

但最近臺北的街頭所讀到的、所看到的、所聽到的，常覺有一種強烈的翻來翻去的印象。翻版，翻洋的固然不好，翻本土已有的則更糟。近年有不少作品，如果把作者的名字蓋住，很難猜得出它是何人的手筆，裏面廻響着太多似曾相識的聲音與姿態。這種現象，文學與繪畫都已直追電影的後塵。中國電影，除了很少數有「藝術意識」的低票房作品以外，一向仰賴我們那羣品味猶待薰陶的觀衆，常把一些眼淚精緻化，把相同的、庸俗的愛情故事改頭換面的演出，爲了爭取觀衆的喜愛，甚至亂改歷史事實。

不過，如果觀衆、讀者的品味下降，那麼編導、編輯是不是有責任協助他們作某種提昇呢？你會說：當然。我會說：當然。如果你問他們，他們也會說：當然。但事實上，現代中國有太多的編導、編輯，不但沒有使得品味昇華，而且還反過來，粗製濫造，不斷翻版所謂「軟性的」「濃情蜜意」，引帶着觀衆、讀者成天浮遊在永遠不成長的夢的世界裏，間接地戕害了不少活潑潑的、具有創意的心靈。藝術，便一而再、再而三地犧牲在消費主義至上的棒下。

就在這種幾乎被翻版文化現象掩埋之際，我得到一個機會去提供一些新聲新姿出版爲創作叢書。我覺得此時此際，最重要的，莫過於重新建立「原創」的觀念。但，正如我前面提到的，「原創」並不是要頑強地抗拒外來的滋養。原創之爲原創，除了要把外來的滋養化入自己的氣脈外，我們還必需在攝取及呈現經驗上貼近生活的根鬚，觸及歷史變動的機樞，只有這樣，才能各具其聲，各出其貌。

目次

卷二

卷三

卷四

卷一

追悼一個時代

——紀念父親

鞭着羣山撫摸着白雲的日子
而今都到哪兒去了

就是把長江的淚水
擰乾了
也止不住黃河的吶喊

中華民族的血液
鍊成了鋼一樣的骨骼
在大地上支起了
沸騰的脊梁

八年長的英勇
接上了二千年華夏
激揚的脈搏
一個人就是一個琴鍵
聲音也許這兒止息
却在那裏奏鳴着
白日依山的鬱勃
和長夜無眠的
眼炬

這把火炬現在也許結了疤
憂患一重又一重穿上了
彩衣
但在眸花一朵朵衰萎的當兒
額際上那一座座古琴的

弦線
兀自催着戰馬
打鬼子
路有三千里地
家國是數十年來
也許有人會仰望先輩
崎嶇的前額
鬢髮如雲的風致
如陌生人
如行人
如觀光的遊客
如……
記憶竟然那麼脆
歷史却山一般的
沉

磨刀有記

其一

你看那英雄的衣袂
磨着逆風
就像一把大刀
鳴響着豪情壯志
亦如在易水之畔
荊軻和他的朋友
以淒涼悲傷
磨那蕭蕭的風
再以激昂高亢
淬那易水茫茫的寒

7・磨刀有記

膽小的秦舞陽
也就不再迴首
而舞起鋒刃
對着秦王

如果要問誰能刺虎
把封邵的面貌揭露
那英雄的眼睛
便常常閃着鋒芒
拿化虎的貪官
磨出疾刀般的神采
就把距離切去罷
就把假象的滾滾山巒
削開來看看禍心：
他活着的時候吃人
死了還在張牙

所以最好以飛隼快磨
明察秋毫的尖刀
把化虎者秋決

英雄的大好頭顱
日夕與殘暴兇惡交磨
山中客提着莫赤
那一顆憤怒的思想
任秋風秋雨盡情相煎
這時眼睛更明亮了
一把把雷電的白刃
横亘着叫暗夜的悲鬱痛燒
終於一聲呼嘯
以生死互磨
切下了楚王的荒誕
許是無形

但汩汩而流的清泉匕首
却在舔着血跡

其二

且說大革命常常拿
舊政權磨刀
路邊一朵剛剛露面的小花
還不曾爬上山崗
去聽迤邐大地歌唱
滔滔江河拉琴
就看見人頭落下來
砸碎了花兒的夢

但見古典主義的大刀
劈下來
打一個轉那麼玄

竟然挑起許多荒謬
還又使理性精神的法
殺人
是爲了叫花兒笑
江河大地齊鳴

英雄——來了
踏着骷髏的神話
踢着小花的想望
拖刀走向萬戶千家
鋒刃削平
崢嶸的頭角
憂患歲月
拉得長而又長

紙上的雕像

——為一位老人作

「這雙手太突出了！它們已有了自己的生命，不屬於這雕像的整體了。記住，一件眞正完美的藝術品，沒有任何一部分是比整體更重要的。」

——羅丹

其一

（在第二回全國木刻流動展覽會上）

你和年輕者的期待、虔誠
圍坐在一起
圍坐着將殘的花

討論了原野
街巷
四周是創造者的呼喚
有人舉起鋤頭
有人
捧着一叢小草
想念着山川河流
也許不能拂去微塵
却有信息
透過明澈的話語
傳遞着
灰燼中的一點星火

其　二

（大病初愈後在大陸新邨寓所門前所攝）
搾乾了奶後
你是扁癟的皮球
你只剩下一具
頑強的面龐
一肚子氣

那能是什麼？
那不是什麼？
那是中華大地
在當日的
一個小小的象徵

其　三

（五十三歲生辰全家合影）
兩地之間

而今以孩子作書
風塵已歇？

你的白紡紗是雲天
伊的格子布是田疇
小男孩是一朵花

一幅自然景物
一幅看似無愁的
靜止的天地

其　四

（在景雲里寓所中之二）
在書架桌椅之間突出來你擺出一個刀
的姿勢爆出劍的眼光却似乎想着野草間的
徬徨以及在空氣中並無回應的吶喊！

獄中書

——擬友

這長夜不再轉彎
去到盡處
再看東西長安街迷人燈色

這心疊在一起
成了數千年沉重的
歷史頁岩

這杯苦酒
再不是琥珀色的
映照唇槍舌劍

這個夜黑給自己看
這個心跳在壓迫裏
這個酒再不能醉人

那一年在戈壁放逐過
激揚的情志
一個夏日
捧着吐魯番瓜果的
清涼
在蘇格蘭
看盡了古堡滄桑
而阿姆斯特丹的
鬱金香
總也忘不了
合手奉獻給祖國母親

朋友們都走在
都市的八陣圖中
有時也點起一盞
微弱的心燈
爲百衲衣的大地祝福
更有人架起
憤怒的機關槍
掃射着醜惡
這時斜路上的煤氣燈
亮着古老的情調
再不見夜歸的人兒

「梁祝協奏曲」斷了
西窗外那一大盆
落日的餘暉

怕也冷了

書還有什麼用？
它們都躺在那裏
筆又怎麼樣？
只像乾涸的河流

這兒夜聽枷鎖
這兒日讀呻吟
這兒摸着冰涼的人世
白髮像雪一樣飄下來

提起長江的筆

——抗戰八年雜憶

提起長江的筆來寫
我們民族的血和淚
滾滾的悲愁激揚起
漫天的淒苦與鬱勃
有誰忘得了那八年？

河山都站起來提抗議
血性的兒女，叫中國的子民
跟着浪一般翻騰的
峯巒捲將過去
那曾怕了敵人的刺刀？

我們的大地變成了
百衲衣，我們的心靈
熔在抵抗強暴的
烈燄中，我們是中國
怎麼能在鬼子面前俯首？

微明時我們亮出川流的
利刃，暗夜中我們
舉起不屈的峭壁
在太陽底下，我們堂堂地
站起來，給倭寇看顏色

歌聲在雲端鳴響着啊
傾下了無邊無際的英勇
拳頭對着殘暴劊子手啊

露出了寧死不屈的豪壯
我們的步伐叫做抗日

長城在血和肉之中
鐵壁築在我們哀而不傷
勇而不懼的、四萬萬個
心凝透的一處又一處礦脈裏
我們有挖掘不盡的衞國寶藏

死是什麼？死是我們民族
生存下去的象徵，是我們民族
再生的代名詞，是我們民族
挺直腰身面對橫逆的
證明，死是生的另一個面貌

我們是先輩仍然在生的

理由，我們記得那些日子
那些流自民族血脈的溫熱
我們蘸着來寫痛苦與歡欣
用長江那麼長的一管筆

長江四帖

第一帖

看見長江的時候
頸項伸長如虹吸管
擺出一個躬身去釣歷史深淺的姿勢
也許是佛說的罷
弱止何止三千
一瓢飲亦可謂足矣
不足者如饑如渴

一頭還剛剛聽到
子在川上曰

逝者如斯夫不捨晝夜
另一頭却好像自貪婪的軀殼
掏空了四肢五臟的血肉
灌入浩渺的江河
脫胎出另一種容顏

第二帖

飛過江南而向江北
忍不住要將草長鶯飛的景色
用江水這條翠綠的緞帶繫起來
再打一個蝴蝶結（還剩一大截呢！）
當成莊重的禮品
送給鄉愁和斷弦
暗地裏彈盡日月星辰的異客
穿越雲山霧沼

黃土高原彷彿在望了
但覺有一隻急切的手來牽
帶着澎湃的情意
回頭望望罷（也實在難抗拒）
原來流落江南的那截長流
湧上來浸潤一顆鄉心

第三帖

這寒暑表已有千萬年歷史
水銀柱裏面
到底裝的是血還是別的甚麼
也許是淚罷
也許是一掬又一掬哀樂
摸一摸就會知道
此時却有一點兒猶疑了

兩岸的猿聲停過沒有
能否找到唐人借那隻輕舟
夜望巫山十二峯
好像都在風露中等待破曉
寒星下一顆顆凝澀的東西
有一日也許會酣然滾落
却要問人間的冷暖

第四帖

一發難收的感觸那管精粗
鋒毫危巖般屹立
卸下陡變的機緣（一管筆
醮着蒼蒼茫茫寫盡了
山川的困阨，滾滾東去的沉鬱
一點一撇蘊藏着萬里的功力
還帶着春花爛漫的溫柔）

魏晉的冲淡就如碧水化入奇峯
舞着龍之姿、刀之影
劃破太虛那點冷然的神秘
借來天風，捲起落葉之思
翻看大地鐵錚錚的風骨
一帖供人臨摹的顏書柳體
只怕難得看見神與形把臂同遊

一九九七斷想

斷層的記憶還似剛剛切開
龐大的時間終於被壓縮成
漢白玉一樣的固體

在那裏面
飛着裁在半空的龍雀
舞着翹袖、折腰的
漢宮繁華
枕着花卉紋飾的
黃粱夢

一具希望的屍骸仍自撲翼

摸着一絲青天
發出絹帛般柔細的呻吟
玉舞人將彷彿縷空的
刻花鎏金感覺
塑成冷然無所依的現在
月白、天藍；禽鳥、走獸
瓷一樣脆的彩繪形象
醒來時脫胎般留下一灘枯寂

能轉動的靜止並作靜止的轉動
瞧：龍雀的羽毛兀自沾着
閃爍微明的結晶
一滴抹不乾乾不抹的垂淚
還給大地的瑩潤玲瓏
舞花殘片窖變成斑斑點點
並抹上黑釉的行行銘文

捉住了多少對焦灼眼神
留給後代人研究考古

揮春

提起筆有道光年的重量
墨如果不黑，必然是
血醮着淚，還有
辛酸，以及
日日夜夜的攀升和墜落

這一年癸亥，候鳥南翔
一去，仍然是那個霜
一來，却招致無邊的
閑愁，如葉落
堆成一座秋山的模樣

離別是簷滴，一點是
一個叮嚀，有人小心串起
掛在雲彩的深處
說是變作晴虹，好去
做一場如幻似眞的夢

然而且住。種子總是從
無涯的暗黑伸向
高處，枝葉的思想
說着花的語言，根鬚
就好比地下水潛藏着信息

高樓上，滿滿的一杯落日
溢下了一九九七的煩愁
雁陣過處，更增加了
幾分愁緒，就只是

暗紅如醉，暮靄如潮

也罷！百十年的樹木
修長挺立，招來了蜂蝶
也看慣斧伐，與乎
多的斷弦和秋的寥廓
再怎麼，仍然要爭高茁壯

許是海濤，淘盡了辛勤的
塔，信若積木，寄着
童稚的心，在地平線上
在孩子氣的筆觸中
有人寫過閃亮的名字

這是春天。冬日，以及
冰封的歲月，也不管是否

受着自然的召喚，總讓
鳥兒們來唱流水的歌
把這管筆使得酣暢、淋漓

按：香港本無候鳥、雁陣，只是有什麼物事，給人候鳥、雁陣之感而已。

觀景記

——為多位朋友作

我站在城樓觀會景
我感覺歷史的沉重枷鎖
拖着傷殘的大地
哽咽的河流
一個個匍伏於地的
人物形象
停駐在一顆欲滴的
淚珠裏

多少無告的光陰
寂靜的吶喊

擂起來心之鼓
激起了望之潮
這一刻鬱雷一般
等着驚蟄
那時分浪波激盪
便要化作飛沫

我站在城樓觀會景
思緒的觸針
探測到冰河期的
酷寒
以及結晶千載的悲愴
在記憶的斷層下
好像收藏着
無數春天的化石

這一幕幕龜卜景象
既濟、未濟
歷盡了人間的水火
上下浮沉衍化
難以問吉凶
難以知道
今日的歡笑
能否劃破幽冥

我站在城樓觀會景
好像雙鉤塡彩
工整華麗的姿色
奇俏地呈現
暈、罩住水墨般淡的
凝澀之淚
只盼回首驚視之時

不再苦忍，不再思量

卷二

秋天

用洗潔精拚命的洗呀洗啊
漸漸夏日的赤熱退去了
漸漸洗出了一陣又一陣清涼
漸漸出現了一張無垢藍天

我們可以在這大螢光屏上打毛毛蟲
我們可以按動想象解開心懷
我們可以走到鄉野探問溪流
我們可以走到高峯試試湛藍

春日

媽媽替我們裁了一襲新衣
我們穿上我們高興我們走出
去年那件舊衣服脫了一層皮
我們的笑就是第一朵燦爛

爸爸常常在下班後親近我們
他說像是走在快樂幸福國土
他扭了我們的臉龐想摘花
但我們又在原處開出另一朵

這是春天，這是花的日子
這時爸爸媽媽都像小孩子

冬至

冬天永遠永遠只在畫片出現
雪花落在螢光屏上，書本裏
冰封的土地在夢中，一旦醒來
長街盡處也無人販賣溫暖

天氣有一點兒冷了我們開電爐
略爲熱了些我們放冷氣
冬天在遙遠遙遠的地方
但冬天眞的來了我們又怎樣

夏夜

在夏夜我們啜哈密瓜汁
啖草莓雪糕喝冒氣的冰汽水
夏夜在我們的口邊嘴裏
夏夜被我們整個兒吞進肚皮

爺爺說榕樹下揮着草扇
婆婆說橋墩上靜聽水流
媽媽仍然保存吱喳叫的電風扇
爸爸還有涼水抹臉的習慣

在夏夜我們看電視的「加冰」節目
榕樹下只有故事橋墩上只有清風

我們在冷氣間裏什麼都有
最重要的是一點兒也不熱

電視

「天方夜譚」聽膩了
阿拉丁再沒有人要聽
你如果不信
我就會笑你眞傻

這其實很簡單
吃完晚飯把功課做完
爸爸媽媽頭一點
我們就有一盒子神奇

只一按它會說各種說話
再一按看見地北天南

就只是大人們喜歡胡鬧
常常教我們不宜的東西

電子遊戲

我們再不去青草地捉迷藏
銅環也不滾過空廊天地

我們袋子裏有「戰爭」
我們家裏擺着「競賽」

我們有許許多多「數目」
腦子裏塞滿奇怪圖形

我們的父母說我們精乖
我們時常想着按鈕的勝利

一本書

一本書你說像不像手風琴
有許許多多高低抑揚的音調

要是一條小溪看得見游魚
要是大海便有長鯨追逐

要是山會帶我們去到崇高
要是雲倒把我們牽向飄渺

我們還會聽市街的叫賣
我們更能體會寒夜的流離

一本書的確是一架手風琴
我們翻動時似乎彈着人生

牙齒

吃西瓜時看得見牙齒
咬出血淋淋的殘垣敗瓦
帶到夢裏嚇得我們驚叫

我們雖有姆媽來安慰
看見大人又在吃西瓜
別過頭去不敢再想

吃的月亮

吃一口月餅，再吃一口月餅
月亮閃了一下，又閃一下
終於把月餅全部吃下去了
終於沒有了月亮，在天上

然而月亮在心裏升了起來
滿嘴是蓮蓉、蛋黃的膩香
滿嘴是瓜仁、火腿的滋味
一個完整的月亮停在舌頭上

碰見人的時候不妨吐出來
碰不見人又可悄悄嚥下去

月亮掛在藍天遠不可及
最安全是把它吞到肚子裏

嫦娥的秘密

嫦娥沒有什麼好後悔的
只要她俏麗的臉龐和神色
永永遠遠凝聚在鏡子裏
永永遠遠如月華引人遐思

媽媽姐姐妹妹爲什麼照鏡
爲什麼總要攬住鏡中
那怕是並不秀美的影子
爲什麼怕青春不能夠停留

嫦娥的絕色千百年如昔如一
她偷了靈藥毒死了時間

歲月被隔離，風塵不染
晶瑩的月亮藏着純美

月亮果子凍

月亮這一杯果子凍誰都想吃
有時還加上一點兒雲霧奶油
眼色是一條欲望的虹吸管
樹枒當匙總可盛食沁涼

有的人以爲果子凍裏沒有雜物
但吳剛的斧頭，嫦娥的髮屑
還有那瓶沒有桂花的桂花酒
都不免使人覺得味道的特別

抽屜裏的月光

這一夜有人從抽屜拿出月光
也有人從遠方的來信和叮嚀
看到澄明的心思和溫暖的情意
月不一定是故鄉明，它明在心裏

團圓是一個人人都做的美夢
但在月圓時分，仍會有人依門
仍會有人伸出手，去撫摸水月
如果人人都喪失了燕子的感情

元宵

我們來搓湯圓
你也搓，我也搓
你分一點粉團給我
我替你塞一粒糖心

我們來搓湯圓
你的裏面有我
我的裏面有你
圓圓的像一家人

白白的一顆顆
媽媽說我們還不錯

就是大的大小的小
大的是姐小的是弟

媽媽燒好了開水
湯圓在開水裏翻滾
突然鍋子裏
好像點起一盞盞花燈

「去年元夜時，
花市燈如晝。」
爸爸牽着我們的小手
對媽媽輕輕的吟誦

花市

大人們成熟的臉上
掛着一條條謎語
看見微笑猜不出什麼
聽見呼喚找不到謎底

我們高高興興上路
一顆顆小小的頭顱
閃亮如枝頭的金橘
藏着黃金的希望

媽媽的旗袍綉花
是一朵朵盛放的白蓮

爸爸的襟頭插花
是黃菊散發清雅

花市裏萬人空巷
我們一家人自有天地
東去買了一盆水仙
西去挑回幾株臘梅

我們終於猜出了
謎底原來這麼簡單——
小園靜謐築在我們心底
互相嗅着彼此的關懷

紙船

摺一隻紙船放到天空上
搖
　搖
搖
搖到看不見的地方
搖到白雲深處的人家
搖到外婆橋
搖到溫柔的臂彎
——睡了一覺
摺一隻紙船放到書本上
搖

搖
搖
搖到一千零一夜
搖到唐老鴨呱呱叫
搖到盤古開天地
搖到想象的彈簧上
——跳了一會

摺一隻紙船放到茶几上
搖
搖
搖
搖到祖母額頭刻了字
搖到祖父髮際粉粉的霜
搖到合家共聚的傍晚
搖到只聽見心意往來

——樂了一陣
摺一隻紙船放到報紙上
搖
　搖
搖
搖到埃塞俄比亞
搖到飢寒交迫的荒野
搖到生死的邊界
搖到奈何橋
——做了一夢

摺一隻紙船
搖
　搖
搖

搖着白天和黑夜
搖着快樂的糖
搖着悲哀的淚
搖着弟弟的牙齒
搖着老師的耳朵
搖着媽媽的愛
搖着爸爸的汗
搖
　搖
搖

每天都是新衣服

每天都是一件新衣服
就是不知道穿什麼
天氣報告說得不清楚
多雲驟雨偶有陽光
風向初時東南後轉西北
穿在身上多麼臃腫

假如披上一陣清風
圍上一條青雲絲帶
（輕輕鬆鬆上學去！）

假如黑緞子禮服上面

結上一條閃電大白花
（就像媽媽赴宴會）

假如截一塊水簾
縫成一套清涼的夏裝
（妹妹不會長熱痱子）

假如多採些天上棉絮
填入貧家單薄的冬衣
（寒流來了也不怕！）

假如這樣
假如那樣
假如的都不是眞實的
假如的就像天氣報告
只有一樣人人知道
每天都是一件新衣服

小弟弟拍着皮球

小弟弟拍着皮球
一下，又一下
一高，又一低
拍一下
日出
再拍一下
日落
拍出了
日出和日落
嘻嘻，拍出了
童年、少年、青年
也拍出了

壯年、老年
拍、拍、拍
拍去了一些什麼
拍出了一點什麼
日出日落
生死浮沉
小弟弟拍着皮球

潮汐

漲潮的時候我們登上了
珠穆朗瑪峯
不再與小鳥同羣
不再與小草嬉弄
不再聽流泉的小提琴
不再懼怕險巇的山峯

我們登上珠穆朗瑪峯
高高地坐在世界屋脊
讀白雲的長篇故事
看出靜默中的轟雷
我們登上珠穆朗瑪峯

退潮的時候我們下沉到心中
檢拾沖成潔白的貝殼
汰盡許許多多思慮
只想着如何再次發力
變出一座自己的奇峯

勾塡

勾塡一隻彩雀希望牠叫
叫出春天的綠意
叫出夏雨的潤濕
叫出秋雲的來去
叫出冬夜的爐火

勾塡一隻彩雀希望牠飛
飛到祖母的懷抱
飛到開花的枝頭
飛到江河的源流
飛到長空的盡處

73・填　勾

勾填一隻彩雀希望牠銜回一點東西
一片遠方的葉子
一塊高山的霜雪
一滴懷人的眼淚
一束神奇的故事

勾填一隻彩雀希望牠叫
希望牠飛
希望牠銜回一點東西
希望牠像眞的
希望牠能夠呼吸

彩雀沒有叫
沒有飛
沒有銜回一點東西
只看見顏色

只聽見靜寂

只看見顏色
只聽見靜寂
只有不開口的嘴
只有不撲的翼
只有一個美麗的外形

平安夜

子彈像鞭炮那麼劈拍響着
炮火一陣又一陣送來豐富禮物
在耶路撒冷，人們唱着頌主榮光
在黎巴嫩，無家的兒童敲着空碗

啊，平安夜，聖頌夜，啊，上帝
這裏也有人放着煙花，放着野蠻
放着殘殺，而一個曳光彈之後
巴勒斯坦的孩子們，盛滿了一碗戰灰

當頌主榮光

當頌主榮光，非洲的子民沒有主
埃塞俄比亞乾涸的土地上還有
乾涸的肚皮，乾涸的眼神，乾涸的
希望：遠遠捲過來的飢餓乾風

人們在聖城的教堂領取聖餐
出自埃及，還有分餅的神話
北美的金童子吃完火鷄抹抹嘴
兀自想着禮物日打開來的驚喜

當頌主榮光，阿里路亞，阿里路亞
人們如何想着鹿車載滿溫馨

人們如何想着鑽出煙囪的老頭子
在非洲，非洲的孩子想着一片麵包

禮物日

不是玩魔術，不是這個也不是那個
而是打開來後，有纍纍的果實
有層復一層，剝開洋葱，剝開
父母親錢袋後的一壳辛酸淚

這個布娃娃是媽媽紮膠花的血
這架跑車，這具神武勇士
却都是上司的吆喝，顧客的狂蠻
汗血向心中倒流冷凝的現實

聖誕大餐

先上冷盤你試得出幾許淒涼
一片一片凝寒是誰盤中餐
我們叫不出名堂，總之不是鵝肝醬
有人說清鮮因爲他們心已涼

再來羅宋湯味道千奇兼百怪
原來是殘羹掃清盛宴的口涎
可惜仍是想象，在南非的街頭
隔離區裏黑人在一鍋不平中翻滾

主菜常是火鷄有些人沒有見過
拿起手指就當是刀叉狂吞口水

這一席大餐吃到中途突地中止
因爲有不少人從來不過什麼聖誕

祝福

在最溫柔的地方要墊上安定
在安定的地方要愛與關心
在平安夜要把心剖開來
讓血流到遙遠遙遠的地平線

按：以上二十三篇，爲小友林在山作，蓋亦「成人的童話」之流亞。原擬寫一百篇，今先將已發表者輯錄於此。

卷三

卷三

穿過海關的針眼

一些顧慮以及
微微興奮的
懦縮和
怯進

要去穿越海關的
針眼
包袱來不及
拋
也不能拋

只因爲人並不

脫殼
像蛇蛻變
還拖着
不少的零星

一些顧慮以及
微微興奮的
懦縮和
怯進

穿過海關的
針眼
以個體
卻帶着一串串
悲歡的淚滴

然後接上了路
像牽曳的
大手
陌生而熟悉
長而邈遠

只要望見了人
便如對上號
找出包袱
却不知
怎麼帶了過來

一些顧慮以及
微微興奮的
懦縮和
怯進

要穿過針眼
才能縫製
才能明瞭
才能抱着大地
說笑談哭

買西瓜的大娘

這大娘
摸着西瓜
像摸
日漸大的
肚皮

——這孩子：
是好，
就好；
不好？
不會！

這大娘
摸着西瓜
驕傲地
走了
走入沁涼、甜美

一盆子西紅柿

西紅柿上市了

小胡同
不必栽花

大馬路
添了新彩
槐樹底下
燒着什麼般

滿眼是橙紅蛋綠
滿嘴子笑的花

那就買一盆子
捧着回家

有花又有色
有一點子田疇

西紅柿上市了

長城一景

他剛剛睜大眼睛
把塞外
最細的一粒
微塵
看個仔細

（孩子：
替爸爸拍個照；
可別把
爸爸的頭
弄丟了；
媽也在一起，

還有姐姐。）
他還是睜大眼睛
只看見
爸、媽、姐身後
長城
長又長

他終於閉上眼睛
（卡嚓一聲）
在心裏
收服了羣山
合攏了天地

長城這把梯子

爸爸，這梯子好長

孩子，這是長城

啊，長城
這把長梯子
讓我們爬上去看
山和山和山
疊羅漢

唉，孩子
不要淘氣

在家架梯子
盡可看爸的禿頭
數媽白髮，可
可爸爸
這些山也跳皮
叠着羅漢
還去捉迷藏
你看：
遠遠的那座
賴在白雲裏
呀孩子
的確有點兒像
雜技
動作驚險姿態美

獸一樣的狂
被萬里繩索
勒住

爸爸，這梯子好長

孩子，這是長城

啊，長城
盡管長罷長
我到頭了，爸

唉，孩子
可得小心小
高處，寒

爸，你可別說
我再踏上一步
就看得見
秦始皇
他剛剛折斷了
一條鞭子
隨手又抽出
長城
要打不聽話的山

唉，孩子
越高看得越寬
越長
等得越久
你可別上了去
不再下來

等長城斷給
衞星上的人看

東四十條一飯莊

「同志，
請……」
「別忙，
等……」
老年吊扇艱辛地轉着
氣溫比三十六度
又似熱了幾分
「同志，
請……」

「待會兒，
我熱！」

年輕姑娘悠悠地揮扇
清風撲着她的臉
我們也似涼了幾分

「同志，
請……」

「急什麼？
就來！」

吊扇到底什麼時候停下來？
夏天到了，
秋天還會遠嗎？

「同志，
請……」
「來了，
你說！」
姑娘到底什麼時候來服務？
先涼一涼嘛，
挺熱的唄！
「同志，
請……」
「只有這些：
吃不吃？」

天壇古柏

老大爺把鳥籠子
掛上去
黃鸝兒驀地裏
招惹了古柏
蒼鬱的回鳴
清爽
在這黎明

也有蟬兒
來插嘴
高音喇叭
盡嘮叨

而古柏森森
用亙長的沉默
還以顏色

這一片古柏
一片清明
只讓年輕男女
老人孩子
在脚下穿織
錦般大地
鍛樣情懷

藍衣姑娘

姑娘裁了一方
天青
把秋空的爽朗
穿在身上

她還撐着
碎花傘
在古舊的牆角
鬧一點兒自由化

姑娘走到故宮
有一點兒現代了

怕不有人皺眉
要修飾一下矛盾？

美術館之旁

老太爺摸着、摸着
歲月的霜寒
把卒子
推過了楚河的嗚咽

他的心展翅、翻飛
從鄰座的青年
借來了
奔馳的血液

對手的眼睛裏
藏着玄妙

炮架在馬後
才說：將軍！

環城線上

（話題是外流知識分子）
他們走光了
留下秋海棠
留下山一樣高的難題麼？
河流要向着河道
而水
常常寫意
仿照滿天的雲彩
你說什麼？走光了！
我也是葉脈

摸着山的崎嶇

（話題是外流知識分子）

景山南北

太陽從東邊湧上來
西邊幸好有
青山扙住
傾斜的容顏
城樓們
列隊
邁着方步子

去荷花池畔打了
一個盹兒
醒來睜開蜻蜓眼
把飛簷抛給

燕雀
用畫棟
取笑斜陽

爺們老了，風鈴
老在輕咳
楠木大柱子
風痛了千百年
只爲了頂住
琉璃瓦的
細語

畫卷在柏樹的
旋律
百花的節拍中
好像要展盡

江山，以及
古老的傳統
城的雍容

但，緩緩地
景緻，典雅的步伐
昂揚的姿勢
突然停住
流滿一廣場的血
斷了美的呼吸
在黃昏

賣桃

那麼多小寶寶
那麼多桃
一個個白且胖
一個個圓且甜
那個漢子
臉頰兩邊也有一個
豐碩的桃子
在王府井大街
賣桃

國營商店標了價
也在賣桃

都是些營養不良的孩子
都是些沒長大的果實
都是些問題
都是擠不出笑的
乾巴巴癟扁扁的
樣版表情

在王府井大街
那個漢子
就以臉上的桃子做號召
就以小寶寶可愛的圓臉做號召
人們圍上來抱個娃娃
人們要親一親
香噴噴的圓臉龐
黨委書記怎麼說

生產的矛盾在哪裏
國營商店的孩子沒人來抱
國營商店的桃子
要減價出售
那個漢子
在王府井大街賣桃
總是說不二價

卷四

鬍蛋子造像

在馬克思的鬍鬚叢中
藏着權力的蛋子
孵化出列寧的光禿頭顱
掩蓋了托爾斯泰
大聲呼籲的一點人道

斯大林鬚瘡四處蔓延
紅斑長到遙遠的西伯利亞
感染了山溝裏打游擊
城市裏掀暴動的
狂熱如野火的非理性行爲

暴虐在暗地醞釀而在
光天白日下狼煙四起
一個李森科便能叫歷史
停步；日丹諾夫的「寶劍」
挑破了多少仁愛的懷抱

赫魯曉夫將小脚放大了
脫下了幾許纏住烏拉山的
一疋又一疋血淚交織痛史
伏爾加船夫的「哎唷」長嘆
是蘇式社會主義唯一高音

舒一口氣怎能阻止邪念
布里茲涅夫演奏降D小調
不妨出兵蹂躪別人國家
無礙列車震嚇接壤鄰邦

玩弄核子詐騙的魔術把戲
安德羅波夫也許面貌模糊
切爾寧科更是沒有什麼眉目
都是馬克思頤下的鬍蚤子
終有一日會露出吃人的相貌
叫世界人民恨得咬牙切齒

按：「在馬克思的鬍鬚叢中」一語，襲用董橋一本小書的書名。

鐮刀與鐵鎚

曾經用鐮刀收割
百姓的頭顱
革命的狂熱鐵鎚
砸破了多少
性命身家

這些鐮刀英雄
鐵鎚勇士
也都坐在鋒刃上
等待着別人的
鎚子來鎚

權力的滋味用血
去嘗
兇殘都凝固在
交碰的角力場上
那一彎孤寂的新月

雖然好像萬人企望
實際上却只寥寥
數人，不代表什麼
却自稱代表了人民
盤算着鬼主意

鐮刀拿在農夫手裏
開拓田園與道路
鐵鎚擎在工人掌中
打出城市與工廠

但黨中央却高坐其上

那個位子空的時候
人民心底沒有感覺
那個位子有人坐上
人民心底同樣痲木
知道是戲却不知道劇目

將軍和囚徒

假如你要選舉箱，給你
一個箱子只不過是箱子
一個形式不一定要有內容
還可以奉上絲帶一長條
爲你紮成一朵民主之花

假如你懷疑我的心，給你
它掏了出來剪紙一般
它蒼白無顏色根本不跳
我還有擠出來的眼淚一滴
讓你知道我對你的關心

他爲什麼不領情？主耶穌
他仰天長吼，他別過了臉
他居然無視我的恩賜苦心
民主就在他面前，選舉箱
緊緊鎖着非常非常公平

他爲什麼送我厚禮？主耶穌
他用狹長國土困縛人民
他把自由反綁，人道倒提
却拿民主去搶鏡頭，主耶穌
他要我們以視線享受人權

假如你要我相信，將軍總統
請解開我身上的獨裁束縛
讓我的雙脚，隨意散步
任我的雙手，盡情摸索

思想前面沒有殘暴血腥恐嚇
假如你要表演民主，將軍總統
趕快摘下定於一尊的黑眼鏡
修改但嗅權力滋味的鼻孔
把你的心像擦銅器般擦亮
把槍盒子，卸下還給國家百姓

「政治語言學」

對尼加拉瓜人們流行一種自主語言學
用一個中心假設去概括所有的特點
就是語音演變也遵從機械法則
隨意轉換態度成爲思想基礎
向任何不同意者作模式的挑戰

不要以爲交流信息是結構的仿制
可別相信認知是文明的行爲表現
有許多心態、情意複雜的框架
交纏着偏執的個性和成分分析
再打出美麗的旗號叫做民主自由

硝煙寫的句法是民族獨立形式
解放的論點常常用血淚來修飾
Who does he wonder who saw
變異的例句只具所謂抽象意義
失語症豈不就是這時代的特徵

有些前提往往代入等價的內涵
最最原始的成分濃縮爲野蠻
政治家有時患上非聯接綜合症
經過胼體切除只留下半個腦子
僅可感知自己喜歡的所謂眞理

這種心理機制難辨音節的界限
元音字母永不與輔音字母串聯
解放者與被解放者各據正義一方
難怪有人問得頗有點兒荒唐

國際公義是否強權戰勝弱者

下皮層結構收藏的並非了解溝通
刀劍總是在怒眼中排出森森殺陣
亦有人宣稱博愛却在槍口插花
亦有人嚮號要全世界聽他施令
亦有人理解的語言由他人的死發音

變體的語言

據說解決南非的種族隔離政策
最好是來一點「建設性接觸」
但是可惜毀滅的接觸一而再
又再而三毀滅了丟石子的人
IL FAUT ELUCIDER
CETTE AFFAIRE

你說經濟制裁根本成不了事
(私底下摸了摸你的荷包)
你說政治解決怕有人乘機
(矛盾修飾法自我排斥)
IL FAUT ECLAIRCIR

CETTE AFFAIR

美國政府固然曾經公布（啊！）
英國政府確然昭告天下（啊！）
都在反對所謂「純潔高尚的白」
但本體與喻體似有因果關係
IL FAUT TIRER CETTE
AFFAIRE AU CLAIR

語言學中有一個術語叫「上樓梯」
文化不同階級不同說法就不同
大概無人知道膚色不同也不同
例如對着黑人使用（九流）變體
對白人專用優雅的（純潔）文詞

語體和語體的選擇頗有學問（啊！）

深奧如見人說人見鬼說鬼（啊！）
就連同義代詞也不可搞錯（啊！）
例如看見殘殺當成練眼力（啊！）
例如與屠夫談「道德重建」（啊！）

以大炮對ㄚㄡ「是他開的火」
去你媽的「人權」掉了一把鬍子
我要用槍尖題寫「黑鬼當死」
你且用血肉試試老夫「白的權威」
亞里路亞！種族主義萬歲萬萬歲

按：歪詩中法文均爲「應當搞清這事」變體。

世事吟

在黃昏紐約客登上高樓
遙望「自由神像」添脂補粉
喝馬踏泥談流行曲吊膀子
任由曼哈頓輪渡穿梭往來
載走一輪落日的美國夢
載來揮之不去的寡仁夜色

畢嘉特尼廣場燈紅酒綠
活動霓虹燈只有片刻的眞理
在倫敦人們關心賭博賠率
往往以利害評斷是與非
一談到經濟制裁怎麼得了

何在乎撕下僞善的人道面具

波恩的官老爺啃着酸豬脚
那一杯慕尼黑啤酒冒着氣泡
（看來不像黑人的滿腔怒火）
那一曲「藍色的多瑙河」未停
（誰耐煩去聽被壓迫者反抗）
那一場足球決賽才是德國榮辱

列根老先生割去了身上癌腫
留着偏執的惡疾其根未斷
戴太太打着女管家的如意算盤
分來一杯羹何能拱手相讓
科爾君看來熟讀「浮士德」
拿靈魂和魔鬼做了買賣

劊子手波塔因有此三二「知己」
「白色恐怖」的凶火火上加油
「黑色大陸」迅即成爲黑地獄
悠悠之口以「緊急法令」封堵
不平之鳴用槍炮坦克碾平
據說今日天下也就太平無事

只因爲夜晚來臨

只因爲夜晚來臨
我這條眼光的
大道
斷了

斷在彌敦道的
人羣中
英皇道上
切割着
柏油路面的電車
發出的殺聲裏

我還被阻攔在
電視節目
機關槍掃射的
語言火網下
匍匐着
找尋一片淨土
那怕是
一朵蔚藍

只因爲夜晚來臨
我這條眼光的
大道
斷了
我不能在坦白的
日光中

越過匆忙的汗臭與
呼吸
瞅一瞅遠山
碧螺春的秀色

而雨中
那樣淒迷的
萬弦琴
也只能暗地裏
彈奏
不具形體的
黯黑和
音色

只因爲夜晚來臨
我這條眼光的

大道
斷了

斷層是中華大地的
美景
臺北華西街上的小吃
林懷民的舞

斷崖又是紐約巴黎倫敦
以及轉個彎
便會驚喜的
羅馬雅典

那豐盛的
靈與視的千年
長街

堆積着的
塵埃和
趣味

只因爲夜晚來臨
我這條眼光的
大道
斷了

我伴着魚蛋妹在
漆黑裏
吃客在酒杯中
大學教授在麻將檯上
所謂文化人
吹吹打打的
無聊談吐

一齊止步
只聽見轟然的聲響
瀑布般墜下
去到床上
做着夢
也夢着做
明天那條蛇蜺的路

卷五

「文革」評註

其一

歡呼的聲音仍自騰向蒼穹
歡呼者中却已有人倒入塵埃
原想收回發出的聲聲歌頌
但悔恨却哽住了乾涸喉嚨

按：文革時毛澤東、林彪多次接見「紅衛兵」，不旋踵「最最擁護」的青年，有人被打成「反革命」！

其二

把別人的皮剝下來寫大字報

把自己的虛妄撐了起來
一切都在表層上激烈進行
一切都在心靈深處粉碎

按：文革時第一張大字報「炮打司令部」發表後，一時大字報成風，但有人敢貼無人敢撕，任風吹雨打，剝落如皮蛻，作雪花碎！

其　三

千萬隻手擎起的激情花束
來不及獻上便萎萎衰頹
沒有人敢流露小資產溫情
撿拾這些運動接運動屍骸

其　四

那個人仗着揚聲器發出號召
却抗拒不了鐵般的自然規律

高寒之下一個魔影誕生了
灑下瀰漫華夏的惡詛神咒

按：林彪在「天安門」城樓上以病衰之音發出號召，「小紅書」鋪天蓋地，但並無「永遠」與「萬歲」的「偉大領袖」。

其　五

塞滿哪些恐佈的具體內容
就不知道那副菩薩面貌
假如不從那人的背後研究
學一點辯證法當然有用

其　六

所謂最親密的解釋及定義
既沒有字典也沒有天書
可以查明到底其意何所指

唯有一團神秘事件作註

按：「文革」初起時林彪爲毛澤東「最親密戰友」，其後有「五一七工程紀要」事件，陰謀刺毛，「親密」云乎哉！

其七

文字之上還有文字文字
堆滿了嗚咽胡同悸動長街
刻劃出一張張鬼一般的臉
築成機關重重的殊方鬼域

其八

用餅模子創作新生事物
用鐵鑄灌澆千萬人的血肉
用鞭子將想像趕入窮巷
用布景宣稱躍進和革命

按：文革時整個大陸只有八齣樣板戲，江青成爲「文藝女皇」，所謂「新生事物」，其實是死路一條！

其九

定義是魔術師的表演手法
眞假找不到一塊良心試金石
變臉是生存下去的必修科
矛盾的剪刀裁碎了山河

其十

石頭裏的種子要好好收藏
種子中的希望抱着將來
抽芽的那一天清香一掬
含着露珠祭一祭中華

按：「文革」時不少知識分子，抱着「看誰活得長久」的心情，忍受各種壓迫。他們有些，是等到了「那一天」，但又是否能改變處境呢？

其十一

要忠心耿耿眞是說來容易
要堅持原則簡直手到拿來
只要捧着小紅書呢呢喃喃
只要將毛主席像高舉空際

其十二

有一種廉價的辦法表態
有一種犧牲根本不用流血
在胸前別上像章頓然極左
發出一通通致敬電便壯士心紅

按：毛澤東詩：「爲有犧牲多壯志」。

其十三

形容詞整天出血大廉賣
標語、口號連夜割價大傾銷
庸俗的資產階級商儈習氣
剝削者欺騙大衆的虛僞嘴臉

其十四

搞一點小動作可以坐直升機
來一點「法家」幻變爲理論權威
不少人權迷心竅就發了家
不少人一紙密函便政治致富

其十五

在四人幫屁股後面跟得最緊
將政治圖騰作無限的高舉

拿教條活學活用於打砸殺
從而出現了社會主義的接班人

按：跟得最緊、舉得最高、用得最活，均爲當時的「套話」。

其十六

出奇方能制勝黨內走資派
投機才可取一官半職之巧
所以揪出一大片大小通殺
所以倒打一耙是謂民主批判

其十七

「爹親娘親不及毛主席親」
看到影子便哭成滾地葫蘆
無產階級的大丈夫有哭輕彈
突出了共產主義的純潔感情

按：林彪由於「敬愛偉大的領袖毛主席」，曾以哭表態，其後陰謀殺毛。

其十八

撿起了「史無前例」的破爛
掃起了「句句是眞理」的垃圾
前有兩個「凡是」新瓶裝舊酒
後有「堅持」的狸貓來換阿斗

其十九

觀潮的人仍在觀潮汐漲落
算賬者無時無刻不忘舊債
當日不少人固然「右傾保守」
今兒個常常清污、防資不休

其二十

好一個「紅旗招展」式的表情

好一個「鶯歌燕舞」般的態度
我說的你要服，你敢不服
我打你才通，不能叫你想通

其二十一

在「三家村」寫寫札記
有人以傷殘作逗點
有人以死亡爲句號
燕山盡是喃喃的夜話

按：「三家村札記」爲鄧拓、吳晗、廖沫沙合寫之專欄文字。「燕山夜話」爲鄧拓雜文集名。

其二十二

書信往來剩下「全家安好」
出現「餘不一一」極可能反革命

最後「恩准」多寫「請勿掛念」
往往是絕命書的代名詞

按：胡安定得家書，見上有「平安」二字，即投之澗中，不復展。此與「全家安好，請勿掛念」之類的「文革」家書，看似相同，實去之萬里。

其二十三

嘴巴不吃東西要吃便吃
爆炒階級紅燒反動
嘴巴不說話要說便說
日夜灌錄的偉大空話

按：鄧拓著有雜文「偉大的空話」。想不到「文革」初起，鄧拓則因說了實話，終於受害。「偉大的空話」從此橫行無忌，越吹越大。

其二十四

有一條路線叫做「法家」
有一個濫調翻來覆去地唱
有一位現代婆娘對鏡
按呂后武則天的面貌梳妝

按：爲了替江青當「女皇」製造輿論，「有理無理」，狂吹「法家」的「法螺」。更有北門學士之流，打邊鼓，放冷箭，爲江青塗脂抹粉。有一時期，「法家」又定爲「前進」、「落後」準則，連古人亦不「倖免」！

其二十五

萬里的「辮子」萬里的長
「辮子」之外是帽子
帽子一頂疊一頂
要與天公共比高

按：毛澤東曾經再三宣布不抓辮子、不扣帽子、不打棍子，是謂「三不主義」。

「文革」一起，「去他媽的」「不」字，又抓又扣且打，「手足並用」、「刀斧齊下」、「動刀動槍」、「動手動脚」。此處只及前兩項，打棍子未提。

其二十六

將封建法西斯組織起來
將思想法西斯組織起來
將法西斯專政活學活用
何等「偉大的戰略部署」

按：「組織批判」是三十年來大陸上一個接一個各種名目的運動「精髓」，於「文革」時更臻登峰造極境界。

「組織批判」作爲一種清除異己的手法，普及各階層，各學科，「觸及人類靈魂深處」。此種手法，「文革」時與所謂「公安六條」、「相輔相成」，假「專政」之名整人、壓人、害人，「黃鐘毀棄，瓦鼓齊鳴」、「手段毒辣，顚倒黑白」，無異法西斯行徑！

致L先生

請不要像杜周那樣告訴我
寫在三尺竹簡上的法律條文
前主所是，著之就是律
後主所是，一疏便成令
我們不需要金口玉言來增損
我們不希望老人家說了算
老實說，（我敬你一杯酒）
千萬不可忘記那句問話
「專以人主意指爲獄，
獄者固如是乎？」

守文、據法的話說來輕鬆

只怕權道制物，有人主來斷
當日是懸出大業律行仁政
他隋煬帝一旦心血來潮
行誅九族加上轘裂、梟首
磔而射之請公卿來嘗人肉
法固然是天子與天下要共守
就是漢文帝也不可月旦輕重
怕的是有人提倡「使使誅之」
又如何使法可以取信於民

今日的「皇權」固然煙消雲散
說不定仍有「大不敬」的「詆欺」之談
或者「大逆」的「誹謗妖言」
重複着漢、唐律例的「十惡」
這可怎麼辦？（再敬你一杯）
「敬上防非」是什麼天大的事

爲何指指點點叫做「規反天常」
定罪量刑只因爲「犯上」
既然天地合德與日月齊明
還怕什麼小民的「胡思亂想」

像秦皇漢武等都去「躬決疑事」
晝斷獄夜理書權力不下放
更常臨朝聽訟廷審判生死
儘管廷尉掌刑辟仍要復奏
即使罪狀確鑿皇帝也錄囚
人君是上祇寶命下臨率土
左手立法右手執法代表「法」
行政機構既是附庸也是工具
是非曲直全憑聖主一念之間
你說合理不合理？（乾杯！）

（又及）

請問刑上不上大夫？先生

請問刑是否以親貴議減？先生

請問刑有無等級、內外？先生

請問刑阿否貴賤、成份？先生

請問刑罰是否有價？先生

你且看有的人犯了罪黨紀處分

你且看有的官犯了罪降級便了

你且看多少人闕而不論

你且看人人雖然不是奴隸

但沒有本錢和官銜聽贖官當

卷六

石頭的研究

我在石頭裏面
研究出一個
夢

高山松就是在
奇巖上展示風姿的
並以平原上
迂迴逡巡的河道
鋪設自己的
身架
隨着天風
到翻滾的雲濤

展示不馴的肌肉

孤立，是平凡的倒影

不要看輕蒼苔
那是春天的消息
它的駐足點
往往凌空
却像芊芊草原
在冷漠的
地球背脊上
點染了微笑

這石
是熾熱過後的
一滴冷淚

流落在
人們嚮往崇高的
思念中
補綴了一種空虛
一種懸念

摩天，是播種的代名詞

那種顏色
雖不只是黑和白
却道盡了
億萬年的姿容
而且——不要驚奇
經常走出人的
身影
叫出生的聲音

色澤，單純的最耐看、經久

我在石頭裏面
抓出了我
自己

看雲記

其一

擀麵師傅手中的
一朵雲
霎時幻爲
千千萬萬條的
雨錸

此時只要羣箸
飛舞
白花花的粉雪
就灑滿了
一碗子的天空

其二

幾疑是
奧維爾的「萬牲園」
羣獸都散步而至
猛虎逗着
馴鹿

也去奔逐罷
城市中的野生動物
高樓上吟唱的
雅士
看着雲影游移

其三

帶着江南的暮春

大漠的風砂
鵬鳥般
降臨
沉甸甸的

只是彷彿間
又什麼都沒有
只是抱着嬰兒那樣
抱着
雲的脚印

其　四

解纜罷
那座心裏的碼頭
停泊着一艘
又一艘

慾望

都揚帆了
慢慢就變得
荒蕪
請抬起頭來
看看浩邈的藍

窗外無雪

窗外無雪
而雪偷偷地
落下，落下
在髮際
在唇齒之間

「明兒會是
好天！」
在眼中
一脉的澄明
灑了粉霜

而雪
不在窗外
裝綴
無垢的意趣
寥廓的幽情
孩子們來了
說要堆砌
雪人
「只有這麼一點
怎麼去玩？」

雲的神話

雲把嘴邊的
夕陽
抹去了

雨如果瀟瀟
雲會收起
眼睛的煩惱
心中的
陰霾

夜來

在臉上

染上一層憂鬱
雲就來
舒展
白日的燦爛

妻說：
你的白手絹
爲什麼
有夕照的
顏色
淚的遺痕
臉油的
膩臭

紅葉吟

要找你
萬綠叢中的
一盞燈
好叫美景
跟着
一縷微溫
巡遊

千百億隻手
舉起來
托住
一個希望

風聲緊
日照短
光陰如驚弦

微寒
是感覺
滿眼的錦繡
等着號令
要在山頭
沃野
醉他一醉

你終於睜了眼
對着盛裝的
希冀
擺設了

可口的
秀色
任人品嚐

送

送你，送你
送你到五里亭的
簷角
柳葉的末梢

要說的話
是雨後簷滴
珠子般的珍重
串着一絲絲
陽光的友誼

至於葉子般生長的

情意
綠得澄明
也一直在牽引、撫摸
遠去者的膊頭

送你，送你
送你到五里亭的
簷角
柳葉的末梢

揮毫

把黑夜磨來鍊字罷
就有烏雲
帶着淋漓之筆
揮灑長空
還有龍的背影
翻覆着江河
哮叫

也有寫黃庭的時候
筆墨如煙
點出了風輕
淡的地方

無情還似有情
留下了
一大片碧落

這硯臺是所謂寸心
在午窗臨唐帖
夜半時分
就勘研漢碑
那隻筆
莫不是大好河山
悠悠遠古

後記：讀戴天近作《擬訪古行》及其他

黃繼持（香港中文大學教授《八方》季刊總編輯）

戴天筆下，流出帶中國古風的詩章字句，本來不會叫人感到意外。早年的名篇如《花雕》，迷惘的現代人的情愫，「現代主義」的意緒和章法，却也滲着對古中國的懷思（「五柳先生呵！」）與古詩詞的回響（「駿馬／悲風／追逐／彎弓」）。更無論近年的《八怪圖》，大筆熔鑄傳統文化藝術的意境，點化了典故，活用了麗辭。但在章句的裁剪，亦卽在意緒的鏤刻上，不失現代人寫現代詩的格調。與其說「以故爲新」，不如說「因新觀故更出新」。像揚州八怪這一類型的文人畫家，他們藝術意趣清奇，做人風骨嶙峋，何嘗不因今日流俗之頹靡，而更令人臨風懷想？用現代詩的技法，重建宿昔一派靈光，旣是對中國文化（優秀的那一部份）的緬懷，也未必不是爲當今文士（包括作者自己）提點某種可能的精神出路！——不管「實質」的抑或「光景」的，在藝術世界中，自有一份清泠的逸氣。

然而《擬訪古行》詞句整飭，氣格沉雄，捨清逸而就蒼莽。驟然讀去，似有某些「隔」的感覺。這種「隔」，究竟是王靜安貶爲「霧裏看花」之隔，還是布萊希特費心經營的「間離效果」呢？看來「間離」乃作者主意所在，而讀者眼中或不免於「霧裏」，則是否句裏詩心，本來就百結千層，顯晦相承，有意不讓讀者一眼看盡麼？

「擬古」詩在中國有深遠的傳統。《昭明文選》詩體下列雜擬一類，自陸機始。其後歷代有作。庸手步趨古人，高手化故爲新。然而戴天之作，又不是嚴格意義的擬古。這幾首詩發表在臺灣《聯合報》上，不像發表在香港《明報月刊》上題《擬古》，而題作《擬訪古行》，似乎較能準確達出作者旨意。古樂府有歌行之體，「步驟馳騁，疏而不滯曰行。」此處題一「行」字，當是以現代詩擬其體格，字句整飭，步調疏緩，比諸戴天某些詩之喜用短行或長短行交錯者（如現代風的《蛇》，或帶古風的《京都十首》），頗異其趣，讀來眞有點彷佛杜甫《渼陂行》一類遊覽歌行的形格節奏。當然這僅是「擬」，而且擬中生變，例如新詩的跨行句所表現情致的綿延，有時竟然更能傳達出書畫手卷般的傳統美學情韻。

戴天之「擬」，不是專擬某一家，雖則這幾首詩，明顯從杜甫早年齊魯漫遊的篇章（《望嶽》、《登兗州城樓》、《題張氏隱居》、《與任城許主簿遊南池》、《陪李北海宴歷下亭》等）脫化而來。但戴天這一組詩，外貌與內蘊，與其說仿似杜甫早年，不如說接近杜甫中晚年詩格。然而也說不上專擬老杜。而且細讀之下，現代詩的語調仍然大體控馭全篇。

（且不說較明顯的如「達達的馬蹄就那樣／留下忽憶少年的餘哀」，或「四面荷花有四種意見／三面楊柳比比劃劃」，若有鄭愁予余光中的迴響；一開筆「冷落司馬遷祇能說一聲抱歉」，便是很有戴天風格的句子。）至於大量借用古詩的詞藻與成句（也不限於老杜一家），或添字延申，或減字橫截，或併歸以取得蒙太奇效果，則固然帶出古往的芳馨，但也要求讀者在「文本互涉」的脈絡中，忖摩作者襲故生新、移步換形的微妙之處，（還要分判哪一行成功，哪一行或許失敗），要求讀者多少帶點學究氣。題曰「擬古」，作者必然也是「學者」，問題是讓學問窒礙了詩情，還是通過學問的中介，把生活與時代的情懷，折射出「如幽匪藏」的詩光畫采？

因此必要透過典麗之美的形式，試圖讀出作者的情懷。「擬」「古」，還是「擬」「訪古」呢？迄今發表的四首，皆「訪古」遊覽之作；但詩中之「我」，行腳縱目，俱與古人渾然。姑不問戴天本人曾否親遊，「訪古」之擬，「時」「空」均作縱深開展。「時」不祇自然時間，而且是歷史時間，此中有人事興衰；「空」不祇物理空間，而且是文化空間，文化空間在文化人的「心量」中開展，它又能否抗拒時間之流呢？不管這樣的時空相依倚抑相推磨，如此寫來的「擬訪古」，確然擴大了詩人「靈視」的區宇，效果差近古來「散點透視」的山水卷軸。而作者的情懷，與其說寄托在詞語的重鑄翻新，毋寧說更多寄托在中國傳統美學的申張演發之上。民族文化生命，透過文人的精神境趣，結合作者生存的現實時空之感受與反思，出之以傳統美學筆意：似乎正是《擬訪古行》諸作之所由來。

此等宏偉的意圖，能夠實現多少，自然還要審視詩篇營構的成果。細心的讀者不防拆碎七寶樓臺，端詳哪一塊是唐代的磚、現代的瓦，——祇要勿忘磚瓦不等於樓臺，樓臺不就是匠心。一般覽者或許祇須直觀其氣格、意緒，並不免多多少少以個人的情懷擬想作者的情懷；祇要讀出三幾分情味，又何須計較自己欣賞能力高下，與對作品的讚歎是否溢美呢？通常讀沒有評注的古人詩文集，我個人便常抱這種心態，此自不足爲訓。當然，古人已往，今日能否接得上古人的情懷，實際也依稀彷彿。

但戴天不是古人是今人。杜甫的「憂端齊終南，澒洞不可掇」，儘可還諸唐代。戴天的「先世挺拔刺天的情懷／懸泉般墜入心坎的悲戚」，却不能不讀入現世的歷史。這裏悲戚瀰漫着詩篇諸章。由於作者取「全視」的角度，從今天擬觀「杜甫千年之前／積聚在那兒的精魂」，且從杜甫、李白、李北海，上追到司馬遷，下引到孔尚任蒲松齡。作者神遊故國，即使僅於池館興廢、雲散風流之際，便已生「雅人」的悲戚。古詩詞中雖有時寫濫了，但就其情眞意永者，下筆輕的近道家，曠達仍不掩其悲慨；下筆重的近儒家，悲慨提挈着歷史文化生民的濃情，形成幾乎是中國獨特的人間意識的悲壯之美。戴天此詩下筆也非常重，情調則介乎道家與儒家之間（道家與儒家，就思想意境取向而言，不排除現代思潮之滲入或變奏），多少增加了一些冷熱難分的反諷。有些寫得清麗的句子，如：

明月下借醉言醉語蕩漾
在一杯又一杯的小天地乘游
那葉寄跡江湖的扁舟
撐出飃泊無依的滿腔悲憤

且不論語詞出典所映襯的詩思，就可以其直呈的意象，已是寄沉痛於疏放。何況更多的是更沉重的句子，如：

衰淚終於冰凌住昔日激蕩
泓下的龍吟和虎嘯

若嫌此句刻意得近板，還有較爲直白的句子：

多少悵然暗地裏凝結
影映着另一面霜天
今日的寒蕪今日的斷碣

雖然詩寫古意，進而超乎特定的時空，但「今日」二字仍然觸目驚心。（請容我插入純粹屬於個人的聯想：夏曆丙辰即公曆一九七六年冬，「那個十年」剛剛結束，我求廣州書畫家吳子復先生法書，他爲我集蒼古的好大王碑字寫了一副聯：「山留破觀迷騎住，石刻殘碑立馬看。」）全詩悲戚感之瀰漫，「少陵哀悼爲九臯唳號／玉珮聲淒淒慘慘切切」，難道不因

「今日」的「寒蕪」麼？而「今日」是近代史現代史的成果：

半爿是往事的倒影

詩終歸不能不是現實「倒影」在詩人的心之湖。湖波蕩漾，倒影增其綺緻；波老景迷，又是一種怎樣的詩情？但既能成詩，則某種「愛執」仍是不能捨的。

戴天的詩，自早年開始，便對中國有一份執着的摯愛。「一九五九年殘稿」《命》這一章說：「我攤開手掌好比攤開／那張秋海棠的葉子／把命運的秘密公開／／那條是黃河充滿激情／那條是長江裝着磅礴／／我收起手掌／聽到一聲／骨的呻吟。」戴天後來好些詩篇，不妨看作是這一章繁複多端的變奏。摯愛加上理性加上閱歷，在這個歷史時空中不免帶上某種嘲諷加自嘲再加一點點被目爲晦澀的語調。中國也不祇是抽象的民族感情，而且有人事，有山河，有文化。山河可親，文化可思，人和事則錯雜翻覆，帶起山河沉哀，歷史沉慟；寫入詩章，遂成韻緻殊特的詩風。以八四年秋的《觀景記》而言（首節云：「我站在城樓觀會景／我感覺歷史的沉重枷鎖／拖着傷殘的大地／哽咽的河流／一個個匍伏於地的人物形象／停駐在一顆欲滴的／淚珠裏」），似乎已爲八五年的《擬訪古行》譜出引子，不過後者把《觀景記》直白的悲愴場景，改易爲貌似疏宕其實同樣淒傷的擬古時空。八五年初發表的《長江四帖》，則是「愛執」的正面抒寫與景觀的大筆描摹。然而也有這樣的句子：

寒星下一顆顆凝澀的東西

有一日也許會酣然滾落
却要問人間的冷暖

《長江四帖》的用典，又是《擬訪古行》的前奏，不過尚不像後者用得那麼稠密，它仍多新詩的慣體。用典之密，可能以八二年的《八怪圖》肇其端，然而尚未如《擬訪古行》句句刻意，讀來幾乎像排律。不妨想像作者熔鑄詩材，妙手翻新時的躊躇滿志。但必須在此巧手妙技之中，貫注以統攝一切的慧心濃情，才有神完氣足的藝術生命。《擬訪古行》沉雄而不失雋逸（試讀《兗州》與《歷下》的結句），宏壯而帶清空（試讀《任城》的結句），能令讀者感到作者出乎情之不容自己，以意運辭，麗典化爲新聲，雖絡繹奔會，不礙通篇之神行。倘若意淺而文工麗，精雕細鏤，恐怕祇成工藝品了。戴天爲《明報月刊》「中國情懷專頁」應制之作《遊春》，似乎難免此弊。詩中的「中國情懷」浮泛欠深意，用歌行的節拍來寫輕盈之美，又遠不如戴天自己舊作小令式的如《京都十首》或《淡寫北京》（見本書卷三諸作）的一些片段。這種新古典歌行體式，在戴天手上，似宜濃墨寫濃情。《墨戲》一篇，沉鬱之情不若《擬訪古行》，但對古畫的傾心極賞，遐思意動，融入歷史文化之感也是一種濃情：

泛的是潛潛的一脈積愫
浮的是虬屈的眉字

更常借來一枝墨梅
聽暗香撲撲飛入夢天

《墨戲》比較疏朗易解，也易於看出有時作者在賣弄，但卽使賣弄，詩句也活色生姿。《擬訪古行》則雖有矯筆冗筆，不好說成賣弄，因爲正如韓昌黎所謂：「水大而物之浮者大小畢浮，氣之與言猶是也。」情深氣盛，則用筆縱或有過有不及，讀者自能感受到言下之意乃至言外之意，略其冗而觀其神。會心處豈在文字之際？

聽說《擬訪古行》計劃寫至少二十首。迄今祇讀到四首，妄說端詳，未免太早，且待他日細品。不過且先記下一筆。作者在發表有人目爲艱澀的《擬訪古行》的同時，也發表淺白如話的《童詩》（見本書卷二諸作）。兒童的語言，絕不浮泛的思想（還帶悲情），似乎應該題作《擬童詩》。還發表《文革評註》（見本書卷五），近格言詩的體式，但形象化，尖刻却不難解。兩者風格俱與《擬訪古行》一類大異，但讀來似皆有助於了解《擬訪古行》。也許有人會問哪種詩代表戴天的典型風格。其實戴天寫詩，向來便多樣化（雖則可以在這多樣中探求得出詩人的個性與語姿）。「擬訪古行」是一座高峯，還是一種過渡，目前尙未可知；《擬訪古行》的總成績，能否超過《啊！我是一隻鳥》或《一九七一年所見》，也未可料。但這是戴天非常認眞非常用心的作品，則是無可懷疑的。

——一九八五年十月初稿

滄海叢刊已刊行書目（八）

書名	作者	類別
文學欣賞的靈魂	劉述先	西洋文學
西洋兒童文學史	葉詠琍	西洋文學
現代藝術哲學	孫旗譯	藝術
音樂人生	黄友棣	音樂
音樂與我	趙琴	音樂
音樂伴我遊	趙琴	音樂
爐邊閒話	李抱忱	音樂
琴臺碎語	黄友棣	音樂
音樂隨筆	趙琴	音樂
樂林蓽露	黄友棣	音樂
樂谷鳴泉	黄友棣	音樂
樂韻飄香	黄友棣	音樂
樂圃長春	黄友棣	音樂
色彩基礎	何耀宗	美術
水彩技巧與創作	劉其偉	美術
繪畫隨筆	陳景容	美術
素描的技法	陳景容	美術
人體工學與安全	劉其偉	美術
立體造形基本設計	張長傑	美術
工藝材料	李鈞棫	美術
石膏工藝	李鈞棫	美術
裝飾工藝	張長傑	美術
都市計劃概論	王紀鯤	建築
建築設計方法	陳政雄	建築
建築基本畫	陳榮美 楊麗黛	建築
建築鋼屋架結構設計	王萬雄	建築
中國的建築藝術	張紹載	建築
室內環境設計	李琬琬	建築
現代工藝概論	張長傑	雕刻
藤竹工	張長傑	雕刻
戲劇藝術之發展及其原理	趙如琳譯	戲劇
戲劇編寫法	方寸	戲劇
時代的經驗	汪琪 彭家發	新聞
大衆傳播的挑戰	石永貴	新聞
書法與心理	高尚仁	心理

滄海叢刊已刊行書目(七)

書名	作者	類別
印度文學歷代名著選(上)(下)	糜文開編譯	文學
寒山子研究	陳慧劍	文學
魯迅這個人	劉心皇	文學
孟學的現代意義	王支洪	文學
比較詩學	葉維廉	比較文學
結構主義與中國文學	周英雄	比較文學
主題學研究論文集	陳鵬翔主編	比較文學
中國小說比較研究	侯健	比較文學
現象學與文學批評	鄭樹森編	比較文學
記號詩學	古添洪	比較文學
中美文學因緣	鄭樹森編	比較文學
文學因緣	鄭樹森	比較文學
比較文學理論與實踐	張漢良	比較文學
韓非子析論	謝雲飛	中國文學
陶淵明評論	李辰冬	中國文學
中國文學論叢	錢穆	中國文學
文學新論	李辰冬	中國文學
離騷九歌九章淺釋	繆天華	中國文學
苕華詞與人間詞話述評	王宗樂	中國文學
杜甫作品繫年	李辰冬	中國文學
元曲六大家	應裕康 王忠林	中國文學
詩經研讀指導	裴普賢	中國文學
迦陵談詩二集	葉嘉瑩	中國文學
莊子及其文學	黃錦鋐	中國文學
歐陽修詩本義研究	裴普賢	中國文學
清真詞研究	王支洪	中國文學
宋儒風範	董金裕	中國文學
紅樓夢的文學價值	羅盤	中國文學
四說論叢	羅盤	中國文學
中國文學鑑賞舉隅	黃慶萱 許家鸞	中國文學
牛李黨爭與唐代文學	傅錫壬	中國文學
增訂江皋集	吳俊升	中國文學
浮士德研究	李辰冬譯	西洋文學
蘇忍尼辛選集	劉安雲譯	西洋文學

滄海叢刊已刊行書目㈥

書名	作者	類別
卡薩爾斯之琴	葉石濤	文學
青囊夜燈	許振江	文學
我永遠年輕	唐文標	文學
分析文學	陳啓佑	文學
思想起	陌上塵	文學
心酸記	李喬	文學
離訣	林蒼鬱	文學
孤獨園	林蒼鬱	文學
托塔少年	林文欽編	文學
北美情逅	卜貴美	文學
女兵自傳	謝冰瑩	文學
抗戰日記	謝冰瑩	文學
我在日本	謝冰瑩	文學
給青年朋友的信(上)(下)	謝冰瑩	文學
冰瑩書柬	謝冰瑩	文學
孤寂中的廻響	洛夫	文學
火天使	趙衛民	文學
無塵的鏡子	張默	文學
大漢心聲	張起鈞	文學
回首叫雲飛起	羊令野	文學
康莊有待	向陽	文學
情愛與文學	周伯乃	文學
湍流偶拾	繆天華	文學
文學之旅	蕭傳文	文學
鼓瑟集	幼柏	文學
種子落地	葉海煙	文學
文學邊緣	周玉山	文學
大陸文藝新探	周玉山	文學
累廬聲氣集	姜超嶽	文學
實用文纂	姜超嶽	文學
林下生涯	姜超嶽	文學
材與不材之間	王邦雄	文學
人生小語(一)(二)	何秀煌	文學
兒童文學	葉詠琍	文學

滄海叢刊已刊行書目㈤

書名	作者	類別
中西文學關係研究	王潤華	文學
文開隨筆	糜文開	文學
知識之劍	陳鼎環	文學
野草詞	韋瀚章	文學
李韶歌詞集	李韶	文學
石頭的研究	戴天	文學
留不住的航渡	葉維廉	文學
三十年詩	葉維廉	文學
現代散文欣賞	鄭明娳	文學
現代文學評論	亞菁	文學
三十年代作家論	姜穆	文學
當代臺灣作家論	何欣	文學
藍天白雲集	梁容若	文學
見賢集	鄭彥棻	文學
思齊集	鄭彥棻	文學
寫作是藝術	張秀亞	文學
孟武自選文集	薩孟武	文學
小説創作論	羅盤	文學
細讀現代小説	張素貞	文學
往日旋律	幼柏	文學
城市筆記	巴斯	文學
歐羅巴的蘆笛	葉維廉	文學
一個中國的海	葉維廉	文學
山外有山	李英豪	文學
現實的探索	陳銘磻編	文學
金排附	鍾延豪	文學
放鷹	吳錦發	文學
黃巢殺人八百萬	宋澤萊	文學
燈下燈	蕭蕭	文學
陽關千唱	陳煌	文學
種籽	向陽	文學
泥土的香味	彭瑞金	文學
無緣廟	陳艷秋	文學
鄉事	林清玄	文學
余忠雄的春天	鍾鐵民	文學
吳煦斌小説集	吳煦斌	文學

滄海叢刊已刊行書目㈣

書名	作者	類別
歷史圈外	朱桂	歷史
中國人的故事	夏雨人	歷史
老臺灣	陳冠學	歷史
古史地理論叢	錢穆	歷史
秦漢史	錢穆	歷史
秦漢史論稿	刑義田	歷史
我這半生	毛振翔	歷史
三生有幸	吳相湘	傳記
弘一大師傳	陳慧劍	傳記
蘇曼殊大師新傳	劉心皇	傳記
當代佛門人物	陳慧劍	傳記
孤兒心影錄	張國柱	傳記
精忠岳飛傳	李安	傳記
八十憶雙親 師友雜憶 合刊	錢穆	傳記
困勉強狷八十年	陶百川	傳記
中國歷史精神	錢穆	史學
國史新論	錢穆	史學
與西方史家論中國史學	杜維運	史學
清代史學與史家	杜維運	史學
中國文字學	潘重規	語言
中國聲韻學	潘重規 陳紹棠	語言
文學與音律	謝雲飛	語言
還鄉夢的幻滅	賴景瑚	文學
葫蘆・再見	鄭明娳	文學
大地之歌	大地詩社	文學
青春	葉蟬貞	文學
比較文學的墾拓在臺灣	古添洪 陳慧樺 主編	文學
從比較神話到文學	古添洪 陳慧樺	文學
解構批評論集	廖炳惠	文學
牧場的情思	張媛媛	文學
萍踪憶語	賴景瑚	文學
讀書與生活	琦君	文學